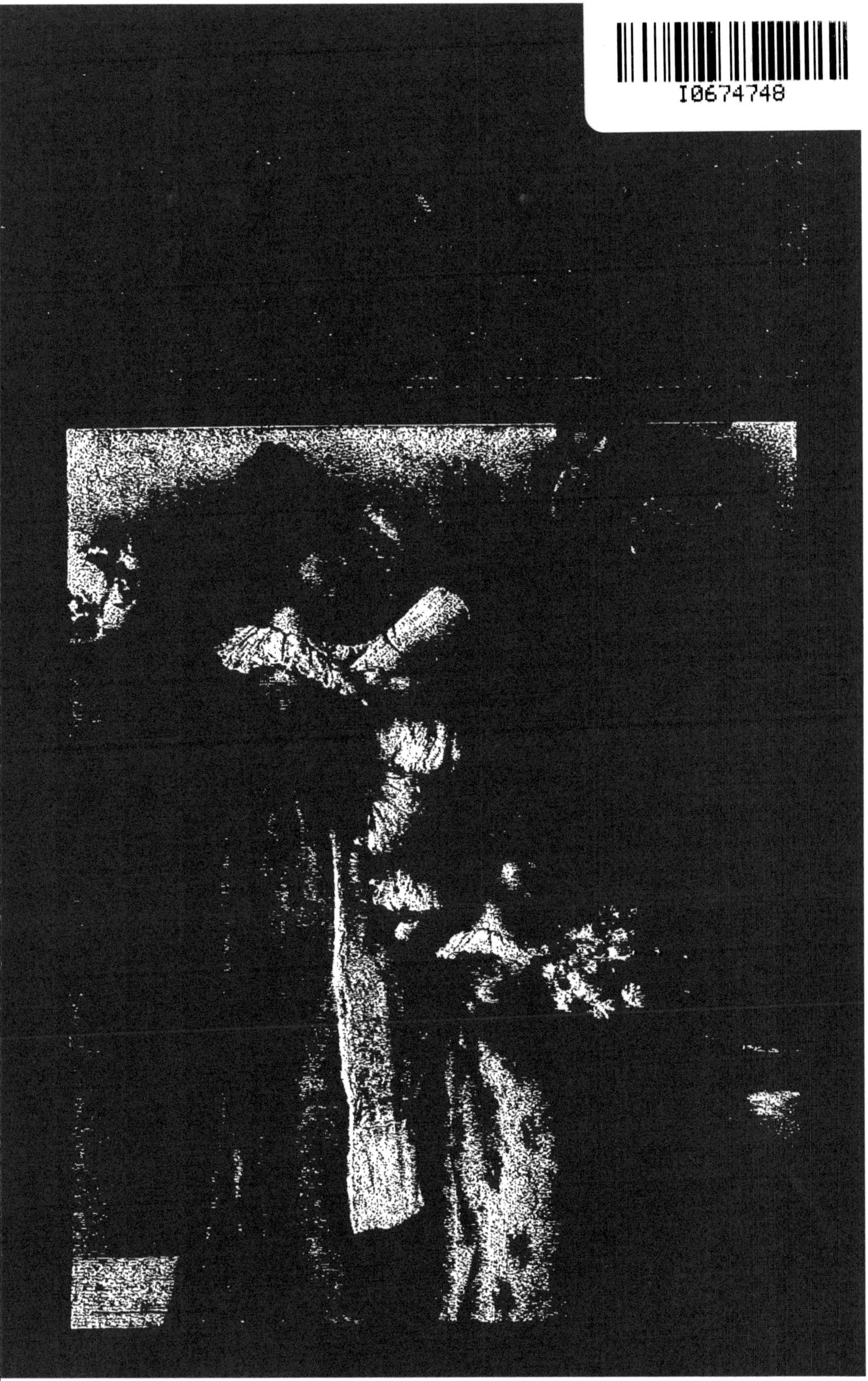

Compliments

de la

Petite Famille

La veille de la fête du père.

E. DE NASSIRAC

Compliments

de la

Petite Famille

PARIS

RAPHAËL TUCK ET FILS

LIBRAIRIE ARTISTIQUE DE LA JEUNESSE

19, RUE DE PARADIS

A MES NEVEUX, A MES NIÈCES

ET A TOUS MES PETITS AMIS

E. DE NASSIRAC.

AVERTISSEMENT DES ÉDITEURS

Le recueil que nous offrons sous le titre Compliments de la petite famille *comporte une série de poésies à l'occasion des différentes circonstances de la vie, à l'adresse des personnes qui nous touchent à un degré de parenté ou d'amitié.*

Ce livre remplit une lacune dans la littérature enfantine.

Ces compliments ont été écrits par une plume experte et conçus par un cœur qui a su interpréter l'âme de l'enfant.

La difficulté à surmonter était grande en raison des nombreuses personnes auxquelles l'enfant est redevable de tendresses et de prévenances : le père et la mère qui lui ont donné le jour et qui ont encore la charge de guider ses pas dans le rude chemin de la vie; les grands-parents, dont les gâteries sont sans égales; le frère et la sœur qui remplacent parfois les parents absents, l'oncle et la tante, puis les professeurs qui ont bien un droit à sa reconnaissance et, enfin, les amis, dont quelques-uns occupent une large place dans son affection.

L'auteur a pensé à tous, il a su trouver la note juste qui

1

convient à ces différents degrés de parenté et d'affection.

Sans qu'il mette dans la bouche de l'enfant des paroles qui ne soient pas de son âge et de son intelligence, il a su rester loin de cette banalité des mots froids et vides qui ne servent que trop aux compliments de fêtes et d'anniversaires, mais qui ne sortent jamais d'un cœur affectueux.

Chacune de ces poésies a été sentie pendant qu'elle a été écrite, elles seront senties par les enfants qui les réciteront et elles iront droit au cœur des personnes auxquelles elles s'adressent.

LES ÉDITEURS.

COMPLIMENTS AUX PÈRE ET MÈRE

AU PÈRE ET A LA MÈRE

Jour de l'an (1).

I

Mon cher *papa*, chère *maman*,
Je veux vous dire quelque chose.
C'est un tout petit compliment;
Car, apprendre plus long, je n'ose !

Je suis votre petit garçon
Qui vous souhaite bonne année.

---

(1) *Ce compliment peut s'adresser à des grands-parents ; dans ce cas il y a lieu de le modifier comme il suit :* Mon grand-papa, ma grand'-maman.

Je serai docile et mignon
Au moins pendant cette journée !

Je vous obéirai bien mieux ;
Je ferai bien moins de tapage !

Je vous aime tant ! tous
[les deux !

N'en demandez pas davan-
[tage...

II ⁽¹⁾

Chers parents, l'an dernier —
[c'est à peine croyable —
Je ne vous ai dit qu'une
[fable,
— En hésitant —
C'était mon premier compli-
[ment !

J'ai sept ans, cette fois, sept ans : un âge énorme !
Qui vous rehausse, vous transforme !
En lisant, on sait ses leçons ;
On a place entière en voyage,
Comme un imposant personnage !
On dédaigne — un peu — les bonbons !

Si tout en moi grandit, le cœur grandit en somme !
Il est reconnaissant de vos soins assidus.
Je vous aimais avant; je veux vous aimer plus !
Oui, comme un homme !

(1) *Ce compliment convient à un enfant de sept ans ; cependant on peut changer cet âge en ne dépassant pas 9 ou 10 ans et dire :* J'ai huit ans, etc.

COMPLIMENTS A UN PÈRE

Jour de l'an.

I

Voici l'an qui finit, un autre recommence,
Et la nouvelle année apporte l'espérance.
Père que je chéris! dès que l'aube paraît
A vous mes premiers vœux, mon plus fervent souhait!
Vous, à qui je dois tout ce qui forme ma vie,
Qui savez contenter mes désirs, mon envie!

Un père c'est si bon! Que d'autres n'en ont pas!
Ou bien sont éloignés pour longtemps de ses bras!
Moi, j'ai soir et matin ses baisers, ses caresses;
Je n'ai qu'à mériter de mon mieux ses tendresses,
Le fais-je tous les jours?... Au moins, en celui-ci
Je veux chasser bien loin de son cœur tout souci.
Je veux que dans son fils il sente son ouvrage;
Je veux, pour l'imiter, redoubler de courage,
Me soumettre au travail, à sa sévère loi,
Et peut-être, plus tard, vous serez fier de moi!

Voilà tous mes souhaits, voilà mon vœu suprême :
Sachant que vous m'aimez, que toujours je vous aime!
Et moi-même je puis, réalisant mes vœux,
Vous prouver mon amour en vous rendant heureux!

II

En commençant la journée,
Reçois mon premier baiser,
Et mes vœux de bonne année !
Père, sois satisfait bien plus que l'an passé !
Il faut que dans mon sourire,
Chaque jour tu saches lire,
Ce qui peut te reposer !
Et que, du travail, s'efface
Sur ton front, la dure trace,
Quand ta fille (1), le soir, est là pour t'embrasser !

(1) *A remplacer par* fils, *si le compliment est dit par un garçon, mais en ajoutant un pied au vers. Dire, par exemple :* Lorsque ton fils, etc.

Pour l'anniversaire (1).

De père, c'est l'anniversaire !
Pour ce beau jour, je cherche en vain
Quelle surprise je vais faire.
Il est vrai, je copierais bien
Un compliment dans ma grammaire.
Le style est froid, ne mène à rien ;
C'est ennuyeux, la chose est claire.

Si j'étais né musicien,
Ce serait tout une autre
[affaire :

(1) *Peut être dit à la mère sans rien changer à la facture du vers, par un garçon seulement.*

Air très moderne ou très ancien
Ne manquera jamais de plaire!

Que peut un pauvre lycéen?...
Pourtant je suis fort en dessin;
Mais c'est le dessin linéaire,
— Et ça ne vaut pas Le Titien! —
Trouvons donc un autre moyen
Pour étaler mon savoir-faire.

Ah! pour le coup, je crois qu'il vient!

Jusqu'ici je fus volontaire,
Un peu... paresseux — on le craint —
Ma mémoire était réfractaire
A toutes mes leçons. Eh bien!
Je change mon train ordinaire,
Je deviens élève exemplaire!
Et pour débuter, dès demain,
Songeant à contenter mon père (1),
Je vais apprendre, c'est certain,
Ces vers pour son anniversaire!!!

(1) Ma mère.

Fête d'un père.

                — As-tu fini ta tâche?

— Fini? Non, sûrement! je n'en suis qu'à moitié,

— Tu n'arriveras pas, sœur, et cela me fâche!

— Pourtant, e me dépêche...

                  — Oh! tu n'as pas de dé?

Quoi! de ton pauvre doigt n'as-tu donc pas pitié?

— Mais c'est qu'il a roulé bien loin, sous cette armoire.

S'il faut courir après!.. la nuit vient... déjà noire.

— Et le beau mouchoir ne sera pas terminé,

Et l'on fête papa (1), sitôt après dîner !
— Ah ! tais-toi, chère sœur ! tu vois bien que je pleure !
— Quelle mauvaise idée ! Aies-en une meilleure !
— Tu peux parler ainsi, toi qui vas lui chanter
Un joli petit air appris et répété ;
Mais moi qui ne sais rien, et ne possède même
Pas...
     — Tu possèdes, au moins, une sœur qui t'aime.
Passe-moi ce mouchoir, tu chercheras ton dé.
— Tu serais si gentille ! et tu voudrais m'aider !
— Mais oui, car tu parais au bout de ton courage !
— Pourtant... que dira père en voyant ton ouvrage ?
Tu brodes mieux que moi. Ma sœur, ce n'est pas bien
Qu'on fasse mon éloge ; et toi, tu n'auras rien
— Alors, avouons tout, si ce n'est que justice ;
Je me déclarerai sans crainte ta complice !
Pour un père aussi bon, c'est un vrai compliment
De voir ses deux enfants s'entr'aider en s'aimant !!!

(1) *Ne peut être dit que par deux fillettes, mais peut s'adresser à une* mère *en changeant* papa *ou* père *et en disant à l'avant-dernier vers :* Pour une bonne mère, ah ! c'est un compliment.

COMPLIMENTS A UNE MÈRE

Jour de l'an.

I

Que vais-je réciter pour ce beau jour de l'an ?
    Une fable ? — Je suis trop grand,
    Et la mode en est bien passée.
Un monologue ? Oh ! non, car je suis trop petit ;
On rirait en voyant ma mine embarrassée.

Pour trouver du nouveau je me creuse l'esprit...
Il me vient une idée, ici, dans l'instant même.
C'est d'écouter mon cœur; tous les jours il me dit :
Chère maman (1), que je vous aime!!!

(1) *Peut être dit à un père sans changer la facture du vers; remplacer chère maman par :* Mon cher papa.

II [1]

Ils étaient trois enfants qui faisaient leur prière ;
　　　Prière du jour de l'an !
L'un dit : « Mon Dieu, j'aurai sans doute, je l'espère,
　　　Quelque livre intéressant ! »
« Mon Dieu, soupirait l'autre, en ce jour ne rien faire
　　　Que jouer, c'est amusant ! »

Mais le petit Louis, d'une voix qui palpite,
Il disait : « O mon Dieu, que je serais content ;
Si, dans ce jour heureux, vous guérissiez bien vite
　　　Ma bonne et chère maman ! »

(1) *Ne peut que s'adresser à une mère ou à une grand'maman, mais en supprimant, pour celle-ci,* ma *dans le dernier vers.*

III

Note. — *Ce compliment, genre monologue, doit se réciter très vite, excepté les trois premiers et les quatre derniers vers.*

Oh! le beau jour! le jour de l'an!
Je le vois venir en tremblant.
Maman m'a-t-elle devinée?...

Voilà. — Je voudrais simplement
Pour étrennes... une poupée!
J'en avais une belle avant.
Faut-il vous expliquer, comment,
En l'embrassant, je l'ai cassée?
— Non pas exprès, assurément. —
Pauvre Flora, je l'aimais tant!
Tout un matin je l'ai pleurée!

Pour celle-ci c'est différent :
Ah! comme elle sera soignée!
D'abord je la veux habillée
Peut-être... un peu... coquettement.
C'est joli de voir son enfant,
Vous savez, mignonne et parée.
Mais je défends absolument,
Avant tout, qu'elle soit gâtée :

Avec un sourire charmant
Elle répondra poliment...
— Ne me croyez pas insensée. —
Voyons! en y réfléchissant,
Elle est peut-être articulée.....
Marchant, dormant, surtout parlant!
Donc, pour son premier compliment,
Je ferai dire à ma poupée,
D'un ton gentil et caressant,
Ces mots si doux : « Merci, maman! »

IV

Est-ce enfin la bonne année,
Maman, qui vient aujourd'hui ?
Oh ! je me suis éveillée
Deux fois, sans faire de bruit.

Viens, maman, que je t'embrasse
Je t'aime tant, ma maman,
Viens bien près, que je te fasse
Mon tout petit compliment.

Depuis hier je suis sage
— Hier, c'est déjà très long —
Comme cette belle image
Qui nous sourit au salon.

Je veux être si gentille !
Tu n'auras plus le chagrin
De voir ta petite fille
Mise jamais dans le coin.

Je promets, maman mignonne,
Mieux que tous les jours passés,
D'obéir et d'être bonne
Pour mériter tes baisers.

V

C'est le moment heureux, ma mère bien-aimée,
De vous dire au réveil, en commençant l'année :

A vous ce premier jour !
C'est dans vos bras chéris que, depuis ma naissance,
Vous m'avez tant de fois, en ma petite enfance,
Bercée avec amour.

Mère, soir et matin à vous je pense, et prie
Pour que les jours nombreux de toute votre vie
Soient des jours de bonheur!
Montrez-moi, pas à pas, ce qu'il faut que je fasse.
A votre chère enfant, assurez une place
Tout près de votre cœur!

Pour l'anniversaire (1).

I

Aujourd'hui, c'est l'anniversaire
De ma mère :
Je fêterai ce jour joyeux
De mon mieux !
Je m'efforcerai davantage
D'être sage,
Pour qu'elle embrasse tendrement
Son enfant !

(1) *Ce compliment peut s'adresser aussi bien à un* père, à un grand-père *ou à une* grand'mère : *il suffira de changer* le nom au second vers; *et au* septième *on dira* il ou elle, suivant le cas.

II

NOTE. — *Doit être dit de préférence par une fillette.*

Cette n uit, je fis un beau rêve :
J'étais sur une vaste grève
Aux coquillages d'argent fin ;
Je montais dans une nacelle
Aux voiles souples comme l'aile
D'un cygne ou bien d'un séraphin

J'abordais un autre rivage
Où, sous un merveilleux feuillage,
Se tenait une dame en blanc.
Elle me dit : « Douce mignonne,
Je suis la fée, et je te donne
Trois souhaits, de ton cœur d'enfant. »

Pensa nt à votre anniversaire
Je priai pour vous, bonne mère,
Et demandai santé, bonheur !
Que souhàiter pour le troisième ?...
Au milieu de mon trouble extrême,
Je m'éveillai sur votre cœur !

Pour la fête (1).

I

Pour vous fêter, maman chérie,
Bébé n'a trouvé qu'une fleur ;
Acceptez-la, je vous en prie ;
Je vous la donne avec mon cœur !

(1) *Peut se dire à une* tante *en substituant ce nom à* maman.

La gerbe de fleurs.

II (1)

Vive hirondelle, messagère
Du renouveau, du gai printemps !
Qui soutient ton aile légère,
Là-bas, sur la mer étrangère,
Quand tu luttes contre les vents ?

Tu reviens, quand revient la fête
De celle que nous chérissons...
Qui t'en avertit?... Qui t'arrête
Si joyeuse sur notre tête,
Pour lancer tes cris, tes chansons ?

(1) *Ce compliment peut être adressé à n'importe quelle* parente *dont la*
fête arrive au printemps.

L'enfant sera-t-il moins fidèle
Que l'oiseau revenant toujours?..
Nous t'imitons, douce hirondelle,
En fêtant, chaque printemps, celle
A qui vont nos vœux, nos amours!

COMPLIMENTS AUX GRANDS-PARENTS

Pour des noces d'argent.

C'est au dessert : le vin brille
          Et pétille
En des coupes de cristal.
On se salue à la ronde.
          Que de monde !
Bientôt va s'ouvrir le bal !

Qui s'avance? C'est grand-père
　　　Et grand'mère,
En toilettes de galas.
Comme ils ont belle prestance !
　　　En silence,
J'admire leurs nobles pas.

En passant, chacun s'incline ;
　　　On devine
Que cette fête est pour eux.
Sur leurs traits aimés frissonne
　　　Et rayonne
L'éclair d'un moment heureux !

Cet unique anniversaire,
　　　Cher grand-père,
Pour ma mémoire d'enfant,
Cette soirée où je veille
　　　— O merveille ! —
Ce sont vos noces d'argent !

AU GRAND-PÈRE

Jour de l'an.

Je suis petite, grand-père (1),
Pourtant je voudrais vous faire
Aussi, moi, mon compliment.

J'ai cherché dans un beau livre.
Avec mon doigt je peux suivre,
Je lis même couramment!

J'ai lu cet amusant conte;
Voulez-vous que je le raconte?
C'est la Belle-au-Bois dormant.

« Une princesse jolie »...
Mais j'ai bien peur que j'oublie
Un peu le commencement.

Et si vous saviez l'histoire?
Vous avez tant de mémoire !
Vous riez. Oh! c'est sûr, vraiment.

(1) *Peut être dit aussi à une* grand'mère; *à la dernière strophe on remplacera* cher grand-père *par* ma grand'mère.

Cher grand-père, je vous souhaite
Bonne année et santé parfaite !
Le voilà fait, mon compliment.

Pour l'anniversaire (1).

Vous m'avez demandé, grand-père,
Le présent qui pouvait me plaire,
Quand viendra votre anniversaire?
J'ai répondu sans hésiter :
« Je voudrais votre image chère!
Depuis si longtemps, je l'espère!
Je vous en prie, oh! faites faire
Un portrait pour votre bébé! »

Le voilà! c'est votre figure!
Je vous reconnais, je vous jure.
Non, ce n'est pas une gravure;
Car votre bouche me sourit!
Donnez-le moi, que je le mette
Soigneusement sur ma tablette,
Au joli coin de ma chambrette,
Tout proche de mon petit lit!

En regardant votre visage,
Je me sentirai bon courage;

(1) *Peut être récité à un* père *en disant :* bon père *au lieu de* grand-père.

Devant vos yeux je serai sage
Toujours, et très obéissant.
Grand-père — ô la douce merveille! —
Votre voix parle, me conseille...
Et, que je dorme ou que je veille,
Jamais vous ne serez absent!

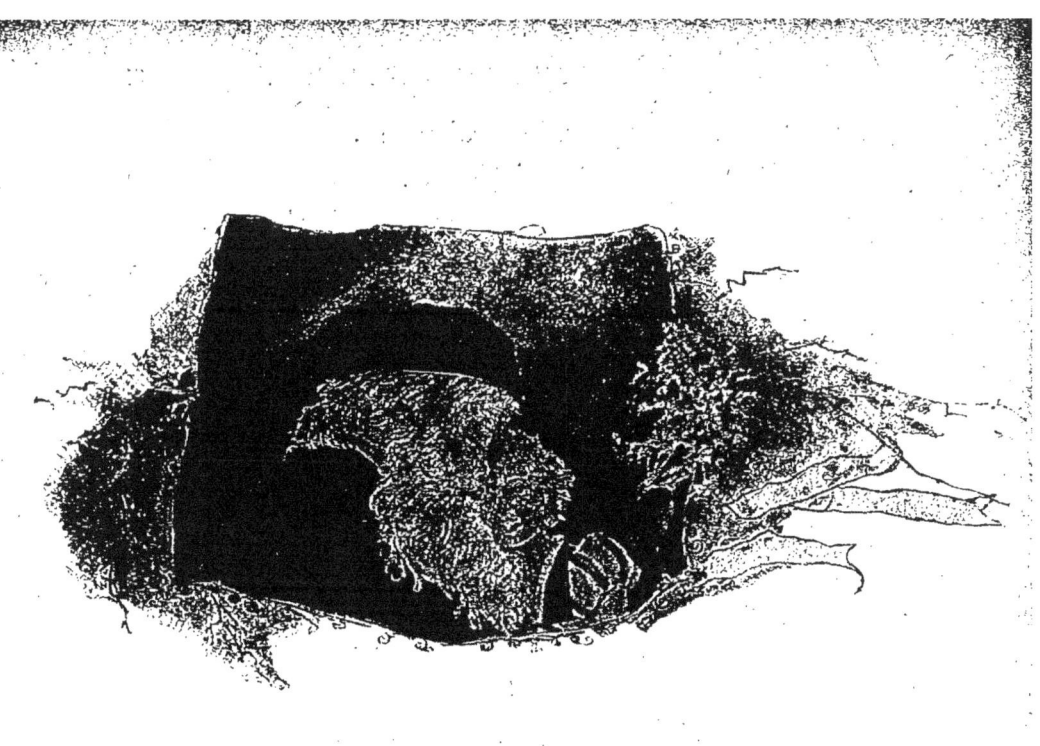

Pour la fête.

I

(*Ce compliment peut se chanter.*)

C'est la fête de grand-papa!
Poussons tous un joyeux vivat!
   Avec son charmant sourire,
   Il est toujours prêt à dire
   Des histoires d'autrefois.
   Nous aimons sa tête blanche,
   Qui, bienveillante, se penche
   Vers tous les petits minois.

A nos jeux il est propice,
Il fait faire l'exercice
A plus d'un petit soldat.
Et ses poches sont remplies
D'excellentes sucreries,
De pralines, de nougat.

Répondons à sa tendresse;
Donnons-lui baiser, caresse,
Et disons avec éclat :
C'est la fête de grand-papa !

II

Ah! qu'il est donc intéressant
Le livre donné par grand-père (1).
A sa fête, sa main si chère
Hier, m'offrit ce nouveau présent.
Depuis, à peine respirant,
Je le lis la journée entière...
Ah! qu'il est donc intéressant
Le livre donné par grand-père!

On y voit des dessins si beaux,
Empreints de mouvement, de vie!
Les uns drôles, donnant envie
De pouffer de rire aux marmots!
Les autres forment des tableaux
Très touchants, ou pleins d'énergie!
On y voit des dessins si beâux,
Empreints de mouvement, de vie!

Non, ne me parlez plus de jeux :
Désormais, vive la lecture!
Suivons l'empoignante aventure

---

(1) *Peut s'appliquer aussi à une* grand'mère *par la substitution du mot sans changer la facture du vers.*

Que nous conte un auteur fameux!
Voilà de quoi me rendre heureux
Plus que bicyclette ou voiture!
Non, ne me parlez plus de jeux,
Désormais, vive la lecture!!!

A LA GRAND-MÈRE

Jour de l'an.

Grand'mère, vos petits enfants
Vous souhaitent l'heureuse année ;
Qu'elle s'écoule fortunée
Devant vos regards souriants !

Indulgente pour la jeunesse,
Vous partagez notre gaîté ;
Mais pour votre tranquillité,
Ayons aussi de la sagesse.

Le bonheur que vous apportez,
Prions le ciel qu'il vous le donne
Et qu'il vous tresse une couronne
De vos bienfaits, de vos bontés.

A vous, notre seconde mère,
Toutes nos vénérations !
Et toujours nous vous chérirons
Comme nous aimons la première.

Pour l'anniversaire.

I

(Compliment dialogué.)

Ainsi, tu ne regrettes pas,
Malgré l'hiver et ses frimas,
La saison qu'on nomme jolie?

— Non, pas du tout, chère Amélie!
— Mais vois donc, les arbres sont nus,
Les froids terribles revenus :
Plus de ciel bleu, de course folle
Dans les grands bois...
                              — On s'en console,
En suivant par monts et par vaux,
Dans leurs voyages, leurs travaux,
Les héros de mainte lecture.
— Moi, je préfère la nature!
Et le brillant soleil surtout
Qui chauffe, dore, embellit tout!
Et, du coin du feu si je bouge,
J'ai tout de suite le nez rouge.
— Pour s'animer il est si bon,
De danser bien gaîment en rond!
L'hiver n'a pas que sa tristesse :
C'est le temps joyeux, où, sans cesse,
Famille entière et chers amis,
L'un chez l'autre, sont réunis.
— Peux-tu trouver l'hiver aimable,
En songeant au sort lamentable
De tant de pauvres malheureux
Qui n'ont, hélas! abris ni feux?
— Oui, car la bonne Providence
Souvent nous prête la puissance
D'adoucir de cruels chagrins,
De changer de sombres destins!

Alors, sur le pauvre on se penche;
Pour lui donner, on se retranche :
Et l'hiver est mieux que l'été
La saison de la charité!!!

— Ah! ma Jeanne, tu me rassures
Avec tes paroles si pures!
Désormais, je veux t'écouter...
— Mais n'allions-nous pas répéter
Notre compliment pour grand'mère

Dont c'est demain l'anniversaire?
— Tiens... notre conversation
Peut servir à l'occasion?
— Elle en rirait!

                — Elle est si bonne!
— Certes, et ne raille personne!
— Elle applaudira de grand cœur
A tes sages conseils, ma sœur!!!

M·Bowley.

II [1]

Le temps est beau : l'après-midi
Sera d'une douceur sereine.
Grand'mère, vous pouvez sans peine,
Promener dans l'air attiédi.

Je vous conduirai sans secousse
— De mon jeune pas aguerri —

[1] *Peut se dire à un grand-père en substituant les noms.*

Jusqu'à ce joli banc de mousse;
C'est votre divan favori.
Allons! pour votre anniversaire!
Non, je ne l'ai pas oublié.
Ce grand honneur, il faut me faire ;
Prenez le bras de l'écolier.

Nous verrons cette date chère
Bien des fois, je veux l'espérer.
Et longtemps encor je serai
Votre bâton, bonne grand'mère (1) !

(1) *Si on s'adresse à un* grand-père, *il y aura lieu de changer ce vers comme il suit* :

   Votre bâton, mon bon grand-père.

Récitez d'abord!

Pour la fête.

I

Approche, mon bon petit frère (1),
Et laisse reposer un peu
Ton cheval de bois sans crinière ;
Mets-toi là, sur le coussin bleu.

(1) *Écrit spécialement pour être dit par une fillette accompagnée d'un frère.*

Je vais glisser à ton oreille
Un joli secret, doucement :
Tu sais, c'est aujourd'hui la veille
De la fête de grand'maman.

Que diras-tu, quand viendra l'heure
De la fêter à ta façon ?
J'ai peur que bébé ne demeure
Muet comme un petit poisson.

Avec ta sœur, tout haut, répète
Ce que ton cœur te dit tout bas.
Regarde-moi, lève la tête !
Et tu sortiras d'embarras.

« Je t'aime, grand'maman si bonne !
Mais je promets de t'aimer mieux,
De faire tout ce qu'on m'ordonne
Pour ne pas voir pleurer tes yeux. »

Petit frère, il est très facile
De bien tourner un compliment ;
On devient tout de suite habile,
Quand le cœur aime tendrement !

II

J'apprends tout seul — c'est pas commode —
Un magnifique compliment !
Moi qui ne lis bien couramment
Que dans mon ancienne méthode !

Recommençons : « Bonne maman,
Permettez que pour votre fête. »

Ces mots sont déjà dans ma tête,
Ils sont très faciles, vraiment!

Mais après, c'est beaucoup d'ouvrage,
Ce sont des mots longs, inconnus...
Décidément je ne sais plus,
Bébé va perdre son courage!

Ne pleurons pas! Si je ne sais
Pas tout, et si je reste en route,
Grand'maman finira sans doute,
En me donnant deux gros baisers!

III [1]

C'est la fête de ma grand'mère !
Allons couper
Blanche aubépine et primevère,
Pour le souper.

Quand nous aurons les mains remplies
De la moisson,

(1) *On peut dire ce compliment pour fête à une mère en disant :*
C'est la fête de notre mère.

Nous ferons des gerbes fleuries
          A la maison.

Devant la table ainsi parée,
          On s'assoira;
Et ma grand'mère vénérée
          Nous sourira!

Et puis, sans dire une parole,
          J'irai poser
Ma tête sur sa chère épaule
          Pour un baiser!

IV

Les gaufres.

De grand'maman c'est jour de fête !
Toujours bonne, elle a fait emplette
De jolis moules à gâteaux,
Et du plus mignon des fourneaux.
Aussi, voyez comme se groupe
Alentour, la petite troupe !
Chacun veut être cuisinier,
Tout au moins aide-pâtissier.
Et pendant que le feu s'allume,
On improvise le costume.

Avec un grand tablier blanc,
On se donne un air important...
Bientôt se répand un arome
Très pénétrant, qui vous embaume!
Prenons bien garde au coup de feu,
Attention — beau cordon bleu! —
... « Marcel, vois l'admirable gaufre!
Elle est réussie! on te l'offre!
Oh! grand'maman aura, ma foi!
Pour sa fête un dessert de roi!.. »
Et sur le plat monte une pile
Formant édifice fragile :
Personne n'y risque les doigts,
— Comme font les gourmands parfois, —
Enfin, on l'apporte en trophée
Devant la grand'mère charmée,
De tant de zèle, de talent!
Elle accepte un gâteau brûlant.

Au cuisinier, marmiton, marmitonne,
Sitôt après, permission l'on donne
De festoyer! Quel toast retentissant!
Honneur! honneur! à bonne grand'maman!

COMPLIMENTS AUX FRÈRES ET SŒURS

A UN FRÈRE

Jour de l'an.

C'est le premier janvier, bon frère,
Et malgré le temps gris et froid,
Tout resplendit autour de moi,
Tout me réchauffe et tout m'éclaire !

Je sens au lever de ce jour,
— Jour de fête par excellence —
Pour les amis de mon enfance,
Mon petit cœur rempli d'amour.

Commençant la nouvelle année,
Je voudrais appeler sur eux,
Prospérité, succès nombreux...
Ma voix sera-t-elle écoutée?

Oui, car on dit que les enfants
Portent bonheur par leur jeune âge,
Et, qu'en leur innocent langage,
Vœux et souhaits sont tout-puissants.

Viens, année, apporte sur terre
Une avalanche de bonheur!
Comble surtout l'excellent cœur
De mon meilleur ami, mon frère!

Pour l'anniversaire.

I

C'est aujourd'hui que mon frère a dix ans !
Oh ! quel bonheur pour lui, pour mes parents !
Car à dix ans on est très raisonnable,
On se tient droit ! Même à la grande table,
On vous écoute, et quand vous répondez,
On ne rit plus comme pour les bébés.

Mais à dix ans, on va toujours en classe ;
Il faut laisser tous les jeux à leur place,
Et nous quitter ! Garde au moins dans ton cœur,
Mon frère, un coin pour ta petite sœur !

La tribune improvisée.

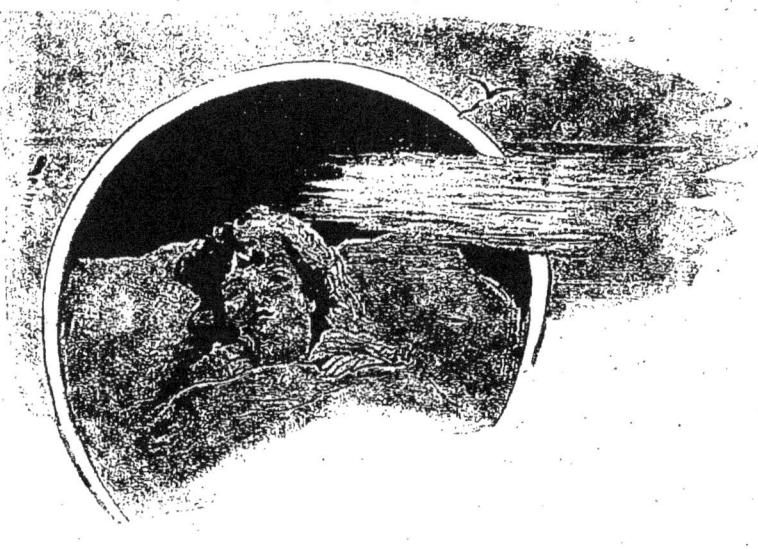

II

Il n'a qu'un an, le petit frère,
Et déjà rayonne en ses yeux,
Une étincelle de lumière
Très pure, descendant des cieux.

Ses cheveux, comme une auréole
D'or fin, frisottent gracieux ;
De sa lèvre rose s'envole
Un essaim de mots merveilleux !

Il s'endort : on se tient tranquille,
On écarte le rideau blanc
Pour voir ce beau trésor fragile,
Fraîche fleur et joyau brillant.

Ses réveils, ce sont des extases
Dont nous demeurons tous ravis !
Penses-tu, bébé, quand tu jases?
Aimes-tu, quand tu nous souris?

Tes petits pieds cherchent l'espace
Comme un oiseau, pour s'envoler;
Mais tu trébuches... on t'embrasse
Reviens au nid, cher oiselet !

Il n'a qu'un an, le petit frère ;
Un an, pas plus, pourtant je veux
Fêter ce doux anniversaire
Qui semble une fête des cieux !

III

Allons, Fox, dresse la tête,
Approche que je te mette
Ce collier flambant au cou !
Tu m'entends, ton corps frétille !
N'es-tu pas de la famille ?
Allons, mon vieux chien, debout !

Fêtons le jour qui vit naître
— Mon camarade — ton maître ;
C'est mon grand frère Léon !

Ah! dans ton regard fidèle,
On voit l'ardeur et le zèle,
Se réveiller à ce nom!

Tu voudrais bien qu'il te fasse
Signal pour aller en chasse?
Non, Fox, non, pas aujourd'hui.
Témoigne-lui ta tendresse,
En quêtant une caresse;
Lèche sa main, vieil ami!

I

Jour de fête.

Pique, pique, mon aiguille,
Vive, empressée et gentille,
Pique de beaux petits points!
Bébé, c'est bientôt ta fête :
Je brode une collerette
Pour ce jour avec grands soins!

Elle imite la guipure :
Elle ornera ta figure,
Mon gracieux chérubin!
Je sens ton bras qui m'enlace
Déjà, pour que
   [je t'embrasse!
Je t'aime tant,
   [mon câlin!

II

Une fête, aujourd'hui, nous a tous rassemblés.
Qui va-t-on célébrer? C'est à moi de le dire,
Et pour bien exprimer ce que vous ressentez,
Interrogeons mon cœur : cela doit me suffire.

En parlant de celui que nous chérissons tous,
Dont chacun peut louer le parfait caractère ;
Qui, parmi ses amis, ne trouve aucun jaloux,
J'ai tracé le portrait de mon excellent frère :

III

Cher frère, avant de nous laisser
Pour faire un peu le tour du monde,
Reçois nos vœux, notre baiser :
Nous te les offrons à la ronde!

Là-bas, qui te souhaitera
Ta fête — affectueux usage

Qu'à nos foyers on célébra
Depuis des siècles, d'âge en âge?

Je crains qu'en la grande cité
Où tu résideras, personne
Ne sache te complimenter,
Et ton petit nom ne te donne !

Quand la famille est loin de nous,
Le cœur à certains jours l'appelle...
Pensant à ces moments très doux,
Tu reviendras plus tôt vers elle !

A UNE SŒUR

Jour de l'an.

I

Qui m'a toujours trop chéri
Et s'est tendrement penchée
Souvent sur mon petit lit?
Ma sœur aînée.

Qui fait avec moi le soir,
Aussitôt qu'elle est priée
Un impossible devoir ?
    Ma sœur aînée.

Au jeune frère taquin
Pouvant l'avoir chagrinée,
Douce, qui ne répond rien ?
    La sœur aînée.

Qui cherche de nouveaux jeux
A la bande inoccupée,
Et nous rend vite joyeux ?
    La sœur aînée.

Qui mérite le bonheur
Et l'aura toute l'année
Si l'on exauce mon cœur ?
    Ma sœur aînée !

II

(Ce compliment peut se chanter.)

Quand on a six ans
Et de bons parents,
Ma sœur, l'heureuse journée !
On va, tour à tour,
Pendant ce beau jour
Souhaiter la bonne année.

Et puis en retour
De ce gai bonjour,
On reçoit, douce largesse !
Jouets tout nouveaux ;
Pantins et chevaux,
Soldats avec forteresse.

Beau livre illustré,
Merveilleux bébé
Qu'on jette sans qu'il se casse ;
Bonbons et fondants,
Marrons succulents
Dont jamais on ne se lasse !

Quand on est petit
On peut, m'a-t-on dit,
Donner aussi des étrennes
Aux pauvres enfants
Tristes, sans parents,
Qui pleurent devant les miennes.

Je veux, chère sœur,
Et de tout mon cœur,
Leur partager ma richesse.
Et je jouerai mieux
Voyant dans leurs yeux,
Briller enfin l'allégresse !

Pour l'anniversaire.

I

Ma sœur, c'est ton anniversaire,
Pour joindre à ta collection
— Presque sûr de te satisfaire —
Je t'ai choisi ce papillon
Posé sur la branche fleurie;
Il dira notre affection.
Trop souvent mon étourderie
Compte sur ta douce raison...
Ne sommes-nous pas, sœur chérie,
Toi, la fleur, moi, le papillon ?

II

Avoir seize (1) ans, le bel anniversaire !
Nous le fêtons ; c'est celui de ma sœur,
Tout lui sourit : les yeux de notre mère
Se reposent sur elle avec douceur.

Comme elle est grande, au bras de notre père !
— De l'âge encore, enviable faveur ! —
Elle paraît et tous disent en chœur :
Avoir seize ans, le bel anniversaire !

---

(1) *Cet âge peut se remplacer par un autre ; mais on remarquera que ce compliment convient à une jeune fille d'au moins douze ans.*

Pour la fête.

1

Ce matin, l'hirondelle, habitant sur le toit,
M'a dit en gazouillant : « Lève-toi, lève-toi,
      Car c'est la fête de sœurette !
Va cueillir un bouquet, qu'il soit frais et charmant.
Pour ta petite sœur, tu mettras gentiment
      Un baiser dans chaque fleurette. »

II (1)

Pour ta fête, Yvonne la blonde,
Nous allons chanter une ronde!
On m'entendra du sud au nord,
Car je veux célébrer bien fort,
Sans crainte qu'on ne me confonde,
Le rire franc et le cœur d'or
De ma sœur, Yvonne la blonde!

C'est le bijou de la famille!
Elle dit, de sa voix gentille,
A tous, un mot reconnaissant.
On la suit d'un œil caressant!
Oh! la bonne petite fille!
Pense chacun, en embrassant
Yvonnette, ma sœur gentille!

(1) *Le nom peut être remplacé par un autre en l'arrangeant avec de petites terminaisons, de manière à ce qu'il cadre bien avec les vers.*

COMPLIMENTS AUX ONCLES ET AUX TANTES

A UN ONCLE

Jour de l'an.

I

Cher oncle, je vous aime tant,
Que j'attendais, impatient,
Le premier jour de cette année !
Ce jour-là le cœur parle mieux :
Au moins éloquent des neveux,
Il inspirera quelque idée !

Plus que tout autre je devrais
Savoir exprimer mes souhaits
En retour de votre indulgence !
N'ai-je pas cent mille raisons
De louer conseils et leçons
D'un oncle plein de patience ?...

Mais je le sais, tout compliment
Fût-il ciselé finement —

Ne vous plaît que s'il est sincère;
Croyez donc à ces simples vœux :
« Je vous chéris, soyez heureux,
Vous qui m'avez servi de père! »

A un grand-oncle.

II

Cher oncle de mon cher papa,
A vous mes vœux de bonne année !
Qu'elle s'écoule dénuée
De douleurs, rhume et cætera...

Qu'elle dépose à votre porte,
Au contraire, bien des sujets
De bonheur ! Pour tous vos bienfaits,
J'en voudrais de plus d'une sorte !

Vous avez aimé mes parents
Depuis leur première jeunesse ;
Cette amitié, je vous la rends

Lisez en moi, lisez sans cesse,
Dans mes yeux, sur mon front riant
La réponse à votre tendresse !

Quand je serai grand !

Pour l'anniversaire (1).

Cher oncle, elle nous réunit,
Votre table hospitalière,
Avec un fort bel appétit,
Pour fêter votre anniversaire!

Voyez pétiller les regards
De la cordiale jeunesse,
Arborant, pour ses étendards,
Superbe entrain! franche allégresse!

Plus discret, le cœur n'est pas moins,
Ce soir, un hôte de la fête;
Nos sentiments en sont témoins,
Et moi je suis leur interprète.

Tout vibre! tout inspire ici
Les accents de ma voix qui tremble,
Lorsque je lance en un seul cri :
Vive l'oncle qui nous rassemble!

(1) *Ce compliment peut se dire à une* tante. *Au premier vers on substi-
tuera les mots :* ma tante *à* cher oncle *et au dernier :* vive tante *à* vive
l'oncle.

Pour la fête (1).

Pâques vient avec ses promesses
De fleurs, de parfums, de rayons ;
Remplissant les cœurs d'allégresse
Et l'air de joyeux carillons.

(1) *Peut se dire pour la fête d'une* tante *par la seule substitution du nom à celui d'oncle.*

La verdure éclate! tout pousse
Pour vêtir encore une fois
Les champs, de blé; les nids, de mousse
Où crieront de petites voix.

C'est la saison de l'espérance :
Voici les beaux jours, plus de maux!
L'écolier tient la récompense
D'un long semestre de travaux.

Et pour qu'elle soit plus complète
Notre joie, en ce beau printemps,
Oncle, acceptez les vœux de fête
De vos neveux reconnaissants!

Pour remercier un oncle d'un cadeau.

Posséder à soi seul une montre qui marche,
Quand on n'a pas encor l'âge d'un patriarche,
C'est le bonheur de Paul (1) et Paul n'a que huit ans!
En recevant d'un oncle (2) une telle surprise,
Il devint tout d'abord couleur d'une cerise,
Et ne put essayer, pour ses remerciements,
　　　Que quelques bégaiements...

(1) *Peut être dit avec un autre nom, mais court; s'adresse également à un père ou à un frère.*
(2) *Remplacer par* père *ou* frère; *mais, dans l'un ou l'autre cas on supprimera* et *au dernier vers.*

— Espérons qu'elle est bonne,
Dit son oncle en riant. Pour les montres, personne
          N'est assuré de rien.
— Oncle, vous êtes bon ! de ça, je suis certain ! —
Paul s'écrie, éclatant dans un transport soudain,
Comme en ont quelquefois les cœurs les plus timides.

Et l'oncle, en l'embrassant, avait les yeux humides...

A un oncle convalescent.

(Compliment dialogué.)

— Depuis longtemps déjà, mon frère, je t'appelle !
— Pour me dire quoi donc ?

       — Une bonne nouvelle !

— Dis-la moi vite, alors, car tu sais que jamais
Je ne devine rien…

      — Cette fois, tu pourrais.
Allons, réfléchis bien.

— Est-ce une matinée

Dansante, qui sera chez nos amis donnée?

— Non.

— Peut-être au Cirque?

— Oh! non, c'est mieux que cela.

— Tu vois, mon pauvre esprit jamais ne trouvera.

— Alors, cherche en ton cœur. Qui donc fut si malade?

Qui, depuis un long mois, ne fit de promenade?

— C'est le bon oncle Édouard! (1) Il est donc rétabli?

— Complètement, et même il sort dès aujourd'hui.

— Voir au milieu de nous sa riante figure!

Ça vaut tous les plaisirs, ma sœur, je te le jure!

— Mais frère, le voilà! disons-le donc à lui :   [guéri!

(*Ensemble*) : Cher oncle, quel bonheur de vous revoir

(1) *Peut être remplacé par tout autre nom, et être dit à un frère ou à un ami en mettant le nom choisi au dernier vers et supprimant* oncle.

A UNE TANTE

Jour de l'an.

I

Bonne tante gâteau !
Elle pense à tous, et sans cesse !
Autour de la table on se presse ;
Des trésors y sont réunis ;
Les bébés ont de joyeux cris !
Les grands, une rougeur de joie.
Voyez, plus d'un regard flamboie
Devant le cadeau fascinant !

A Noël, au premier de l'an,
A nos fêtes, que de surprises !
Et que d'exquises friandises !

L'an passé, comme l'an nouveau
Nous l'aimons et disons bien haut :
Bonne tante gâteau !!!

II

C'est le jour attendu, bonne petite tante !
Et j'accours vite ici vous présenter mes vœux :
Soyez toujours heureuse et soyez bien portante ;
La santé c'est, dit-on, un or très précieux.

Oh ! qu'elle m'a paru longue, cette semaine !
J'ai pourtant travaillé bravement, je le crois.
Oui, tante, je voulais, en prenant de la peine,
Pour votre jour de l'an, vous apporter la croix !

Pour l'anniversaire.

I

Le minet de Tantine
Est un charmant minet :
Sa face est blanche et fine,
Rose est son petit nez.

Sa queue est un panache,
Son œil un ver luisant ;
Et sa fière moustache
Lui donne un air plaisant !

Si son déjeuner tarde,
— N'étant pas très gourmand —
Tout au plus, il hasarde
Un doux miaulement.

A tante il est fidèle :
Ça lui paraît très bon
De filer auprès d'elle,
Un paisible ron-ron.

Pour votre anniversaire,
Pour ce jour fortuné !
Tante, j'ai voulu faire
L'éloge de minet.

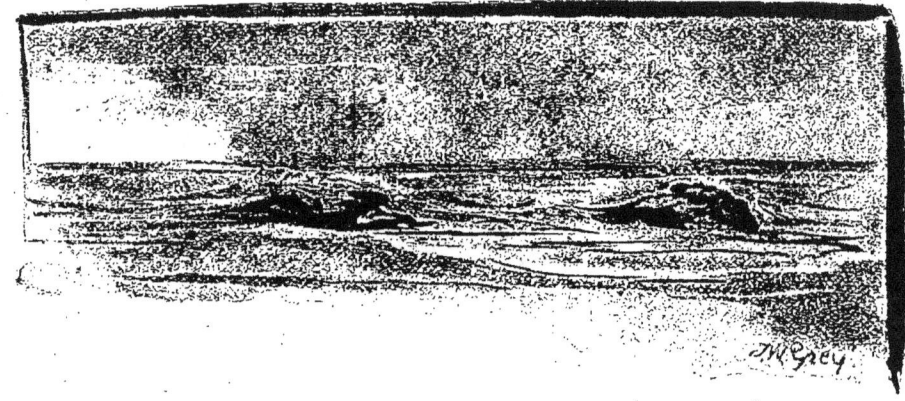

II [1]

J'arrive, et je revois la porte bien connue,
La demeure, où, petite enfant, je suis venue
    Passer des jours si doux !
Tante, vous m'accueillez avec même tendresse
Pendant ces mois d'été, ces beaux mois d'allégresse
    Où je suis près de vous.

Tout m'apparaît ici plus agréable encore !
Le jardin ravissant à mes regards se dore
    D'un éclat merveilleux !
Je viens vous apporter, bonne tante chérie (2),
Mes vœux d'anniversaire et gaîment je m'écrie :
    Que ce jour est joyeux !

(1) *Peut se dire aussi à une grand'mère ainsi :* mère.
(2) *Le dernier membre de ce vers, s'adressant à une* grand'mère, *devra être dit :*

    Ma grand'mère chérie.

Pour une fête.

I

Tante (1), sur ce vélin, je n'ai mis qu'une rose
  D'un pinceau naïf, incertain !
J'aurais voulu mieux faire en mon art enfantin :
  Votre cœur plaidera ma cause !

Elle vient votre fête, avant que mes progrès
  N'aient pû réussir autre chose :
Excusez ce début et lisez mes souhaits,
  Là, dans le cœur de cette rose...

(1) *Peut être dit à un* oncle *sans autre variante que la substitution du mol* oncle *à celui de* tante.

II

(Ce compliment peut se chanter.)

Mes amis, il n'est plus de mode
De chanter le moindre couplet.
Pourquoi donc ? C'était si commode,
Et pas ennuyeux, il paraît !
Pour une fois — d'un ton discret,
Et sans m'élever jusqu'à l'ode —
Laissez-moi dire, s'il vous plaît,
  Mon petit couplet !

Lorsque l'on fêtait une tante
Comme ce soir — bonheur complet —
D'une voix faible ou chevrotante,
Chacun roucoulait son souhait.
De louer un cœur si parfait,
L'occasion est bien tentante :
Laissez-moi dire, s'il vous plaît,
  Mon petit couplet !

Autrefois on parlait d'emblème,
De vertu, soupir et regret...
L'expression n'est plus la même,
Mais au fond rien ne disparaît,
Le sentiment reste aussi vrai !
« Bonne tante, un neveu vous aime
Et veut dire, s'il vous plaît,
  Son tendre couplet ! »

COMPLIMENTS AU PARRAIN ET A LA MARRAINE

A UN PARRAIN

Jour de l'an.

(Ce compliment peut se chanter.)

Vous n'avez pas vu ma fille,
Mon amour, mon seul trésor?
Dans ses yeux la gaîté brille,
Et sa chevelure est d'or.

Sa bouche toute vermeille,
D'un fruit mûr a la couleur;
Et ses dents, quelle merveille!
Sont d'étonnante blancheur.

Avec sa tapisserie,
Quand elle est à travailler,
Jamais une étourderie,
Temps perdu pour babiller!
Sa sagesse est exemplaire,
Son caractère est heureux,
Respectant toujours sa mère.
Elle ne dit pas : « Je veux ».

De cette fille chérie,
Je vais prononcer le nom;
Mais sur cela, je vous prie,
Gardez silence profond.
Cette enfant bien élevée,
Sage, modeste, est enfin...
Une superbe poupée,
Cadeau de mon bon parrain!

Pour l'anniversaire.

Mon cher parrain, ce jour entre tous est heureux ;
Car au milieu de nous, vous reprenez la place
Que, si l'on écoutait et mon cœur et mes vœux,
Vous ne quitteriez pas pour traverser l'espace !

Je l'admire pourtant, votre noble métier :
Il est d'un bel exemple à tous ceux de mon âge ;
Il faut, pour le choisir, vous l'avez témoigné,
Et la fidélité, l'audace, le courage !!!

Je voudrais, comme vous, devenir un marin ;
J'irais du nord au sud, en d'étranges contrées ;
J'offrirais comme vous, mon excellent parrain,
Nombre de raretés que j'aurais rapportées.

Soyez donc indulgent, laissez parler ma voix.
Il a fallu longtemps, bien loin de vous, se taire !
Aujourd'hui nous pouvons, deux bonheurs à la fois !
Fêter votre retour et votre anniversaire !

Pour une fête.

Pour mon parrain,
J'ai dans ma main,
Douces pensées,
Fleurs parfumées.
Petit bouquet

Dis, s'il te plaît,
Sans plus attendre,
Mon vœu très tendre
A mon parrain,
Que j'aime bien !

A UNE MARRAINE

Jour de l'an.

Quelles fleurs puis-je réunir
A mes souhaits, bonne marraine ?
Le triste hiver vient de venir,
Adieu la rose et la verveine ?

Que le bonheur soit avec vous,
Que la santé vous accompagne :
Ce sont les amis les plus doux
Pour la ville et pour la campagne.

A votre cœur affectueux,
J'offre donc cette page seule ;
Le mien sera toujours heureux
Si vous aimez votre filleule !

Pour l'anniversaire.

Ecoutez ! une voix, dans l'air flotte et s'élève,
Si faible qu'on dirait qu'elle chante en un rêve,
Et si triste pourtant qu'on dirait un écho
  D'un plaintif et jeune sanglot !

Cette plainte saura, mieux qu'un chant de sirène,
Retentir et vibrer au cœur de ma marraine,
Son cœur qui s'attendrit et s'ouvre, généreux,
  A tous les accents malheureux !

Dans les grands yeux d'enfants, qui s'emplissent de larmes,
Qu'ils soient gris, bleus ou noirs, elle trouve des charmes !
Sur les lèvres closes — oh ! combien tristement —
  Elle met un rire charmant !

Petit, humble, craintif, soyez sûr de lui plaire !
Venez fêter avec nous son anniversaire !
Laissez parler vos pleurs, invoquez son secours !
  Elle vous répondra toujours !...

Pour une fête.

1

Si j'étais un petit oiseau,
J'aurais appris un air nouveau
Durant la dernière semaine,
Pour vous le gazouiller, marraine !

Si j'étais une harpe d'or
Vibrant jusqu'aux cieux sans effort ;
Comme une auguste souveraine,
Je vous célébrerais, marraine !

7

Mais je ne suis qu'un faible enfant
Sans aucun pouvoir ni talent,
Possédant seul — chose certaine —
Un cœur pour vous aimer, marraine !

II

Nous portons même nom, ô ma chère marraine !
Oui, votre fête heureuse arrive avec la mienne ;
Mais par d'autres côtés, je veux vous ressembler,
Ce sera difficile... et vous allez m'aider !

Que le ciel me conserve un semblable modèle !
Que longtemps, sous mes yeux, vous restiez bonne et belle.
Devinant mes efforts, peut-être unira-t-on
Vous et votre filleule, en même affection !

COMPLIMENTS AUX COUSINS ET COUSINES

A UN COUSIN [1]

Jour de l'an.

Bonjour, bon an, mon cher cousin !
Le bonheur soit votre partage !
Que le ciel vous fasse un destin
De félicité sans nuage !

Qu'il vous garde de tout danger !
De mauvais rêve, de migraine...
Allez, venez d'un pied léger :
Le cœur en paix, la bourse pleine !

Surtout, gardez-vous de changer
Envers qui vous connaît, vous aime ;
Ce serait trop nous affliger !
Restez cousin, restez le même !

---

(1) *Ce compliment pourrait s'adresser aussi à un* jeune parrain *en* mettant ce nom à la place de cousin.

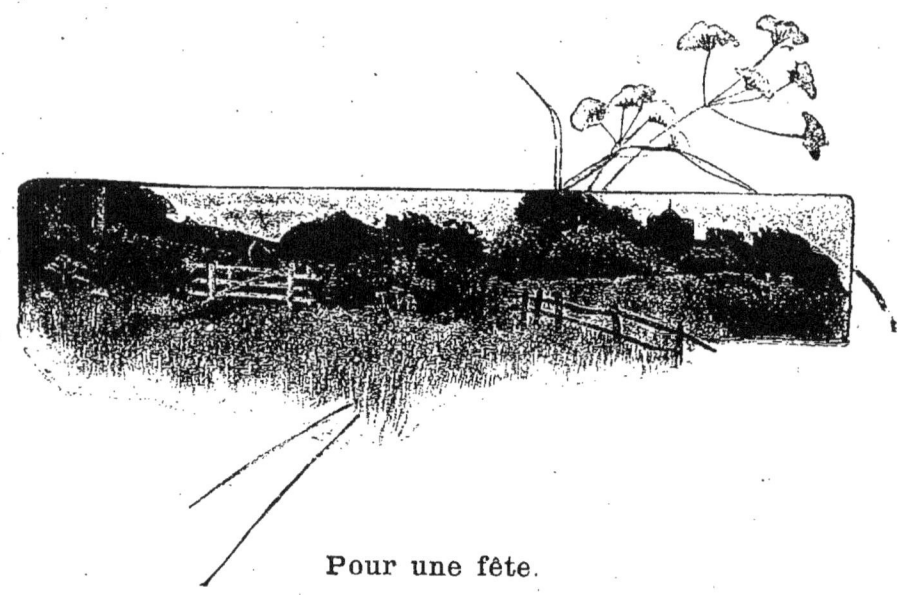

Pour une fête.

J'aurais voulu, cousin, préparer pour ta fête
Quelque chose de beau. — Je me suis mise en quête,
J'ai cherché longuement et je ne trouvais rien
Qui fût digne de toi ! C'était un gros chagrin !

Près d'un cousin que j'aime, arriver les mains vides,
Ou bien lui déclamer quelques mots insipides
D'un compliment banal ! — Quelle déception
Pour la vivacité de mon affection !

Puisque ta fête vient au temps gai des cerises (1),
— Oserais-je ?... en voici... que sur l'arbre j'ai prises. —
J'ai compté sur ton cœur pour accepter ce don :
Goûte-les, cher cousin, et dis-moi si c'est bon !

(1) *Les deux premiers vers du dernier quatrain peuvent être variés
ainsi :*

> Au dessert, j'ai gardé ma part de friandises ;
> — Oserais-je ?... en voici... pour toi je les ai prises. —

A UNE COUSINE

Jour de l'an.

Salut à toi, chère cousine !
Que l'an qui vient de débuter
Daigne le bonheur t'apporter
Et sans chagrins qu'il se termine !

Que le ciel te soit très clément,
Que ton chemin soit sans épine ;
Conserve bien ta fraîche mine
Et ton caractère charmant !

Oui, sans mentir, je te crois digne
De toute joie assurément....

Celui qui t'aime tendrement,
Ton dévoué cousin, je signe.

Pour une fête.

Bonne cousine,
Nous accourons tous te fêter !
Toi qui sais tant nous récréer
Par ton esprit, par ta gaîté ;
Reçois de la bande enfantine
Qui se hâte de t'entourer,
Tous les vœux que ton cœur devine,
Bonne cousine !

COMPLIMENTS AUX MAITRES

I

Pour la fête d'un professeur.

Du professeur que nous aimons,
Comment bien célébrer la fête ?
Il nous a donné ses leçons
Avec une bonté parfaite ;

Sa patience et son savoir
Nous pouvons les louer sans doute...
Ayons surtout du bon vouloir,
Si nous voulons qu'il nous écoute !

Les enfants ont le cœur léger,
On le dit. — Prouvons le contraire ;
Et gardons-nous de l'affliger,
En nous appliquant à bien faire.

II

A une institutrice.

Bonne fête, mademoiselle ?
Vos jeunes élèves en chœur
Vous la souhaitent bonne et belle !
Cette année, et de tout leur cœur !

Nous avons tant d'étourderie !
Nos devoirs sont bien imparfaits !
Excusez-nous, je vous en prie !
Nous vous aimons, vous le savez !

Nous ferons mieux, mademoiselle,
Pour prouver notre affection :
Vos élèves auront du zèle
Et pas une punition.

III

A la supérieure d'un couvent.

Madame la supérieure,

O vous, qui gouvernez cette sainte demeure,
Et de notre jeunesse, êtes le doux soutien ;
Vous, si digne du titre de supérieure !
Sur chacune de nous, qui veillez à toute heure,
    Qui pensez à tout, et si bien !

Qui savez allier avec tant de justesse,
La fermeté si droite indiquant le chemin,
La bonté clairvoyante à la haute sagesse ;
Vous qui condescendez, sans montrer de faiblesse,
    Recevez ces fleurs de ma main !

Aujourd'hui se célèbre une illustre patronne
Dont vous portez le nom : sa fête est dans le ciel ;
Sur son front rayonnant on place une couronne.
Nous aimerions aussi de vous, mère si bonne
    Couronner le front maternel !...

Mais il est un moyen d'exalter votre fête,
De plaire à votre cœur si dévoué pour nous :
Essayons d'acquérir une foi plus parfaite,
Et sous le joug sacré, sachant plier la tête,
    Soyons chrétiennes comme vous !

IV

Pour la fête d'une directrice d'école.

Madame la directrice,
S'il est de douces habitudes
Que le cœur aime à conserver ;
Au milieu de nos jours d'études,
S'il en est un de réservé ;

S'il est un devoir qui balance
Des sciences, l'aridité ;
Où, sans peine, on rompt le silence
Causé par la timidité,

C'est le moment qui nous rassemble
Moment désiré, bienvenu !
Où toutes, nous disons ensemble
Ce compliment très ingénu :

« Bonne fête, chère madame !
-A vous nos vœux, sincèrement ;
Et merci, du fond de notre âme
Pour votre zèle, et votre dévouement ! »

V

Pour la fête de la mère assistante.

Bonne mère,

La vie, au pensionnat, a ses jours d'allégresse :
Ce n'est pas au travail ce matin qu'on s'empresse ;
La grande salle ouverte a pris un air joyeux
Qui frappe les regards, et fait briller les yeux !

Les murs, même les bancs, tout se revêt de charmes,
Les cahiers, les devoirs aux jeux rendent les armes :
La pauvre plume enfin goûte un juste repos,
Et les livres fermés nous ont tourné le dos.

Ce n'est pas un jeudi, ce n'est pas un dimanche,
A qui devons-nous donc cette liberté franche ?
Compagnes, dites-moi, faut-il le révéler?
Devinant vos désirs, je m'apprête à parler.

C'est pour fêter ici notre mère assistante
Que battent tous les cœurs en une douce attente!
A sa sollicitude on doit ce beau congé ;
Je veux, au nom de toutes, l'en remercier !

Accueillez mes accents, accueillez, bonne mère,
Nos vœux d'affection profonde et bien sincère !
Et pour que vous ayez de Dieu, tous les secours,
Nous prierons aujourd'hui mieux que les autres jours!

COMPLIMENTS A DES AMIS

I

Anniversaire d'un vieil ami.

Pour fêter votre anniversaire,
Nous vous entourons, bon ami!
Et moi, comme le plus petit,
Un compliment je dois vous faire.

Parlerai-je des qualités
Qu'on loue en notre second père?
Non, je craindrais de lui déplaire :
J'en dirais trop... ou pas assez.
Au gré de nos cœurs, au contraire,

Faisons plutôt vœux de santé ;
De joie et de prospérité
Pour vous, ami sûr et sincère!
A tous, si souvent vous pensez!
Laissez, par extraordinaire,
De vous, nos cœurs s'inquiéter :
Toute cette soirée entière
Nous la passerons à fêter,
Bon ami, votre anniversaire!

II

Pour une fête d'amis.

Myosotis, humble fleurette,
A ceux que j'aime parle bas.
Murmure d'une voix discrète :
« Je suis là, ne m'oubliez pas. »

8

III (1)

Pour la fête d'un ami de la famille

J'ai dit aux petits oiseaux :
« Merles, pinsons et linots,
Sans oublier l'alouette,

(1) *On peut réciter ce compliment à un* oncle *également : on changera* l'ami *par* l'oncle.

La mésange, la fauvette,
Le bouvreuil et le pivert,
Commencez votre concert. »

J'ai dit aux fleurs du jardin :
« Œillets, lis, roses, jasmin ;
Et vous les belles pensées,
De pourpre et d'or panachées,
Muguet au parfum si doux,
Vite, épanouissez-vous. »

J'ai dit au soleil brillant :
« Resplendis au firmament
Libre de toute nuée,
Pour égayer la journée
Où, joyeux, tous, nous fêtons
L'ami que nous chérissons ! »

IV

Anniversaire d'une amie dévouée.

Respect et vénération !
Tendre et profonde affection !
Tels sont nos sentiments, incomparable amie,
Pour vous, qui prodiguez vos bienfaits à l'envi
Et combien fidèlement !

A peine en notre cœur, un désir vient à naître,
Votre bonté, jamais, ne tarde à le connaître.
A cela vous mettez un délicat honneur,
Votre amitié s'impose avec quelle douceur !

La gratitude en nous, douze mois doit se taire !
Permettez-lui du moins, pour votre anniversaire,
De prendre sa revanche, éclatant à son tour
Pour saluer ce beau jour !

V

Pour la fête d'une amie.

L'oiseau chante dans la mousse,
L'amitié chante en mon cœur
La chanson joyeuse et douce
De mes souhaits de bonheur !

A vous tout ce que l'on rêve
De paix, de sérénité !
Que le jour toujours se lève
Pour vous, brillant de clarté !

8.

VI

Pour la fête d'une jeune amie.

J'ai choisi les fleurs les plus belles
Pour en composer un bouquet,
D'un léger papier de dentelles,
Je l'enveloppe : il est coquet !

Petite amie, à votre fête,
Je destine ces fraîches fleurs ;
Pour vous, elles sont en toilette,
Respirez vite leurs senteurs !

La fleur passe ; elle est éphémère !
Ce soir plus d'une penchera ;
Mais mon affection sincère
Les quatre saisons durera !

VIl

Compliment de fête pour amie.

J'ai mis ensemble quelques fleurs
Pour votre fête, bonne amie.
Le langage de leurs couleurs,
Ecoutez-le, je vous en prie !

Il vous dit, ce frêle bouton
De rose rouge à peine éclose :
« Je voudrais vous louer, pardon !
Ne m'en voulez pas, si je l'ose ! »

« Mon parfum, dit le réséda,
C'est votre douceur elle-même. »
Et pâquerette ajoutera :
« Bien sincèrement, je vous aime ! »

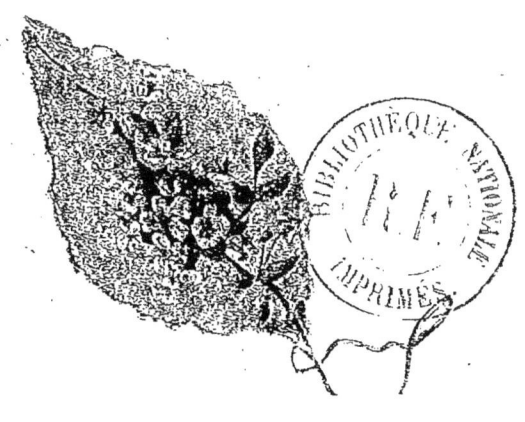

TABLE

I. — COMPLIMENTS AUX PÈRE ET MÈRE

Au père et à la mère.

A un père.

A une mère.

II. — COMPLIMENTS AUX GRANDS-PARENTS

Au grand-père.

1938-01. — CORBEIL. IMPRIMERIE ÉD. CRÉTÉ.

www.ingramcontent.com/pod-product-compliance
Lightning Source LLC
Chambersburg PA
CBHW060816250626
47162CB00005B/1810